새끼 고양이가 죽었어요

브리지뜨 라베는 작가입니다. **피에르 프랑수아 뒤퐁 뵈리에**는 소르본 대학에서 철학을 가르치고 있어요. **자크 아잠**은 일러스트레이터로 〈철학 맛보기〉 시리즈의 모든 그림을 그렸으며, 만화도 그리고 있습니다. 이 책을 우리말로 옮긴 **전혜영** 선생님은 이화여자대학교 불어불문학과를 졸업하고, 프랑스 2 대학 헨느에서 불문학 석사와 박사 과정을 수료했으며, 도서 전문 번역가로 활동 중입니다.

철학 맛보기 30 새끼 고양이가 죽었어요 — 기쁨과 슬픔

지은이 · 브리지뜨 라베, 피에르 프랑수아 뒤퐁 뵈리에 | 그린이 · 자크 아잠 | 옮긴이 · 전혜영
첫 번째 찍은 날 · 2014년 1월 15일
편집 · 김수현, 문용우 | 디자인 · 박미정 | 마케팅 · 임호 | 제작 · 이명혜
펴낸이 · 김수기 | 펴낸곳 · 도서출판 소금창고 | 등록번호 · 2013-000302호
주소 · 서울시 마포구 포은로 56, 2층(합정동) | 전화 · 02-393-1174 | 팩스 · 02-393-1128
전자우편 · hyunsilbook@daum.net
ISBN · 978-89-89486-90-9 64860
ISBN · 978-89-89486-80-0 64860(세트)

LA TRIETESSE ET LA JOIE
Written by B. Labbé, P.-F. Dupont-Beurier and J. Azam
Illustrated by Jacques Azam
Copyright © 2011 Éditions Milan – 300, rue Léon Joulin, 31101 Toulouse Cedex 9 France
www.editionsmilan.com
Korean translation copyright © Sogumchango, 2014
This Korean edition was published by arrangement with Éditions Milan through Sibylle Books Literary Agency, Seoul

| 브리지뜨 라베 · 뒤퐁 뵈리에 지음 | 자크 아잠 그림 | 전혜영 옮김 |

새끼 고양이가
죽었어요

소금창고

● 철학 맛보기의 메뉴 ●

지금 만세! 7

마테오의 쪽지 8

요요 11

어쩔 수 없는 일 12

새끼 고양이가 죽었어요 14

정말 안 돼요 20

딸기 맛 아이스크림도 싫어! 23

슬픔을 공격하는 기쁨 26

기쁨 저장소 29

표현에 대한 짧은 생각 31

픽 씨네 가족의 희망 33

가게 앞에서 느끼는 기쁨 35

재규어 자동차, 배, 헬리콥터........................ 38

현재의 자신에게 만족하기 44

세상의 친구 47

사랑하는 법 배우기 50

삶의 기쁨 56

〈나만의 철학 맛보기 노트〉 59

지금 만세!

- 봄 만세!
- 휴가 만세!
- 열여덟 살 만세!
- 금요일 만세!
- 성탄절 만세!
- 퇴직 만세!
- 간식 시간 만세!
- 내일 만세!
- 오늘 밤 만세!
- 내년 만세!

지금 만세라고요? 그러면 안 될 이유가 있나요? 기쁨이 왜 꼭 미래에 있을 거라고 생각하죠? 지금 이 순간을 위해 기뻐하지 않고 왜 꼭 나중을 위해 아껴 둬야 하나요?

마테오의 쪽지

"무슨 일이야?"

안나가 물었습니다.

"아침부터 한마디도 안 하고 뾰로통해 있잖아. 슬픈 얼굴인데?"

루시는 한숨을 길게 내쉬며 대꾸도 하지 않았어요. 창 밖으로 먹구름이 빠르게 몰려오는 게 보였어요. 잿빛 하늘 아래 잎이 떨어진 나무들이 젖어 있었지요. 비가 와서 운동장이 물에 잠겼어요. 종이 울렸지만 루시는 쉬는 시간이 반갑지 않았어요. 지붕 덮인 운동장 쪽에 아이들이 옹기종기 모여 있는 것도 싫었답니다. 오후 수업에서 선생님은 석회암에 대해 설명했어요. 루시는 수업 시간 내내 마음이 울적했지요.

그런 날이 있어요. 모든 게 우울하고 어둡고 무겁게

느껴지는 날 말이에요.
그럴 때 우리는 슬픔
을 느껴요. 가슴속
에 온통 슬픔만이 들어앉
아 있는 것 같답니다.

"이반이 이걸 줬어. 마
테오가 쓴 거래."

안나가 루시에게 속삭였어요. 루시는 안나가 책상 밑
으로 건넨 쪽지를 받고는 슬그머니 고개를 들었어요. 그
순간 마테오와 눈이 마주쳤지요. 마테오가 루시에게 윙
크를 했답니다. 루시는 기뻐서 펄쩍펄쩍 뛰고 싶었어요.
하지만 하필 그때 선생님이 루시에게 말을 거는 바람에
쪽지에 그려진 하트 두 개만 겨우 봤지요. 선생님이 말
했습니다.

"루시, 석회암이 생기는 세 가지 과정을 설명할 수 있
니?"

루시의 입가에는 환한 미소가 번졌어요.

루시의 기분이 갑자기 변한 이유를 여러분은 알 거예요. 비록 석회암이 생기는 세 가지 과정은 설명할 수 없지만, 루시는 기분이 한결 가벼워졌답니다.

선생님이 교실 아이들이 모두 이해할 수 있도록 자세한 내용을 칠판에 적고 있을 때 루시는 조심스럽게 마테오의 쪽지를 폈어요. 밖에는 비가 계속 주룩주룩 내리고 있었지요. 갑자기 루시가 안나를 돌아보며 놀란 표정으로 말했어요.

"아니, 나 하나도 안 슬퍼! 왜 그런 생각을 하지?"

그런 순간이 있지요. 윙크 한 번에 슬픔이 싹 사라지고 가슴에 온통 기쁨이 들어찬 것 같을 때 말이에요.

누구나 슬프다가 갑자기 기쁘고, 기쁘다가 갑자기 슬픈 적이 있을 거예요. 그런 감정은 우리가 느끼고 싶어서가 아니라 우리의 의지와 상관없이 생겼다가 사라진답니다.

꜖꜖ ꜖꜖

인간의 감정은 요요가 아닐까요? 슬픔을 향해 내려갔다가 다시 기쁨이 있는 곳으로 올라오니까요. 슬픔과 기쁨이 계속해서 반복되는 거지요. 요요가 밑으로 내려갔다 다시 올라오는 과정을 수도 없이 반복하는 것처럼, 우리는 살면서 감정을 요요처럼 느끼는 게 아닐까요?

어쩔 수 없는 일

하루에도 수많은 일들이 일어납니다. 한 달, 일 년으로 따지면 말할 것도 없지요. 인간에게 일어나는 일은 개인의 결정과 상관없이 어쩔 수 없이 일어나는 것들이 많아요.

3주째 계속 비가 내려요. 집에서 키우던 고양이가 죽었어요. 부모님은 돈이 없어서 내게 새 컴퓨터를 사줄 수 없다고 말씀하셨어요. 그리고 병에 걸린…

살다 보면 불행한 사건들이 연달아 일어날 때가 있어요. 우리는 그 사건을 바꿀 수도 없고 피할 수도 없어요. 우리가 결정할 수 있는 것이 아니니까요. 그럼, 그 일이 조용히 지날 때까지 참고 기다려야 할까요?

새끼 고양이가 죽었어요

19명에게 똑같은 일이 일어났어요. 바로 각자가 키우던 새끼 고양이들이 죽었답니다. 사람들을 이름 대신 알파벳 A, B, C, D, E, F, G, H, I, J, K, L, M, N, O, P, Q, R, S로 부를게요. 모든 사람이 고양이가 죽은 것을 불행한 일로 생각하는지 알아보기로 해요.

A는 너무너무 슬퍼요. 그래서 날마다 고양이의 죽음을 얘기해요. 하지만 그건 좀 심한 것 같아요. 이 세상에는 그보다 더 심각한 일이 얼마든지 있답니다.

B는 고양이 사진을 자신의 방에 걸어 두었어요. 그 사진을 영원히 간직하기로 마음먹었지요. 그리고 밤마다

● 고양이 사진을 보며 운답니다.

● C는 너무 슬퍼서 다시는 고양이를 키우지 않기로 결심했어요. 고양이가 죽으면 너무 마음이 아프니까요.

● D는 고양이와 보낸 좋았던 시간을 추억했어요. 고양이와 놀면서 몸을 쓰다듬어 주던 때를 떠올렸어요. 고양이가 나무 위로 올라가던 모습을 생각하니 기분이 좋아졌어요.

● E는 고양이가 행복하게 살다가 죽었다고 생각했습니다. 모든 동물이 그런 행운을 누리는 것은 아니라고 말이에요.

● F는 자신의 고양이가 오래 살아서 참 운이 좋았다고 생각했어요.

● G는 고양이와 더 자주 놀아주지

못한 걸 후회했어요. 또 고양이 배설 상자를 자주 갈아 주지 못한 것이 미안했답니다.

H는 I가 원망스러웠어요. I 때문에 이런 슬픔을 겪는다고 생각했거든요. 집에서 고양이를 키우자고 한 사람이 누구였게요? 바로 I예요.

I는 눈물을 흘렸어요. 다시는 그런 멋진 고양이를 만날 수 없다고 생각했지요.

J는 새 고양이를 입양하기 위해 두세 달 후에 버려진 동물들을 보호하고 있는 유기 동물 센터에 갈 거예요.

K는 고양이가 더 이상 고통스러워 하지 않아도 된다고 생각했어요. 편안하게 죽음을 맞이했으니 다행이라 여겼어요.

L은 고양이와 개, 카나리아와 같은 동물을 돌보는 수

● 의사가 되기로 결심했답니다.

● M은 매일매일 고양이 무덤 앞에 작은 돌과 사료를 놓
고 옵니다.

● N는 고양이가 키보드 위에 올라갈 때마다 혼냈던 걸
후회했어요.

- O는 고양이가 죽은 뒤로 말이 없어졌어요.

- P와 Q는 걱정이 되었어요. 고양이가 죽은 날이 두 사람이 처음 만난 날이었거든요. 불길한 징조가 될까 봐 겁이 났답니다.

- R은 고양이의 몸이 많이 약해져 있었던 터라 어쩔 수 없는 죽음이라고 여겼지요.

- S는 고양이를 잊게 될까 봐 무서웠어요. 세월이 흘러 고양이에 대한 기억이 더는 떠오르지 않으면 어떡하나 겁이 났지요.

A, B, C, D, E, F, G, H, I, J, K, L, M, N, O, P, Q, R, S가 고양이의 죽음에 대해 보인 반응은 각각 달랐어요. T, U, V, W, X, Y와 Z도 고양이가 죽으면 저마다 다른 반응을 보일 거예요. 어떤 사건이 일어났을 때, 그 일에 반응하는 방법은 무수히 많아요. 불행한 일이 일어

나는 것은 어쩔 수 없어요. 하지만 그 일에 대한 반응은 우리 스스로 결정할 수 있답니다. 각자 원하는 방식으로 말이에요.

정말 안 돼요

안나가 이사를 가게 되었습니다. 일요일 날 점심식사
가 끝났을 때 안나의 부모님은 이사를 가기로 했다고 말
씀하셨어요. 안나는 가슴이 무너져 내리는 것 같았어요.
눈물이 줄줄 흐르며 그치지 않았답니다. 루시는 안나와
통화를 하면서도 아무 말도 할 수 없었어요. 안나는 몇
주 뒤 6월 말에 이사를 갈 거예요. 서인도제도에서 3년

동안 살게 된답니다. 그곳에 가려면 비행기를 타고 8시간이나 가야 해요! 월요일 아침에 학교 운동장에서 루시는 안나의 얼굴을 보자 왈칵 눈물이 나서 얼굴을 쳐다볼 수가 없었습니다.

루시와 안나는 거대한 슬픔의 파도를 맞은 것처럼 깊은 슬픔에 빠졌습니다. 슬픔은 어느 한 곳만 아프게 하는 게 아니라 온몸 구석구석까지 아픔을 줍니다. 몸과 머리, 배, 심장, 마음, 생각까지도 모두 아팠어요. 루시와 안나는 온몸으로 슬픔을 느꼈어요.

늦은 토요일 오후였어요.

"안나, 어서 나오렴."

"그냥 내버려 두세요!"

"어제 낮부터 그러고 있잖니! 밖에 나가서 바람 좀 쐬려무나. 햇볕이 아주 좋구나."

"관심 없어요."

이사 얘기를 들은 후로 안나는 학교에서 돌아오면 방

에 틀어박혀 꼼짝도 하지 않았어요. 주말이 되어도 밖에 나가지 않았지요. 남동생이 문 앞에 과일 주스를 놓고 갈 때에만 문을 열었어요.

안나는 외출도 하고 싶지 않고, 말도 하기 싫었어요. 방 안을 어슬렁거리거나 침대에 누워 있곤 했지요. 기분이 울적해서 배도 고프지 않았답니다. 하루 종일 커튼을 친 어두운 방에서 지냈어요. 모든 것이 슬퍼 보였어요. 심지어 햇볕이 환하거나 누군가가 따뜻한 말을 건네는 것까지 안나를 슬프게 했답니다. 혼자 있으면서 안나는 자신만의 작고 닫힌 세계에 갇혀 지냈어요. 안나는 자신이 거부하고 싶은 현실을 벗어나 다른 세계로 도망을 친 겁니다.

슬픔은 강한 부정이에요. 그리고 그 부정은 바깥세상의 삶에 대한 강한 부정으로까지 이어지지요.

딸기 맛 아이스크림도 싫어!

안나와 루시는 아무것도 하지 않았어요. 극장에도 가지 않고 토마와 메디나랑 자전거도 타지 않아요. 또 딸기 맛이 나는 바닐라 아이스크림까지 거부했지요. 그리고 일요일마다 아나이스, 마넬, 아뎀과 함께 농구 시합을 하던 것도 그만두었답니다.

가령 안나와 루시가 이나 귀가 아팠다고 가정해 봅시다. 고통을 없애려고 바로 약을 먹었을 겁니다. 또 배가 고프고 목이 말랐다면 바로 음식을 먹었을 테고요. 그런데 슬픔으로 고통을 느낄 때에는 왜 아무런 조치를 취하지 않는 걸까요? 왜 슬픔에 대항해 싸우지 않는 걸까요? 싸워 보기도 전에 패배를 인정한 것처럼 아무것도 하지 않잖아요. 슬픔을 마치 싸워서 이길 수 없는 천하무적의 요새처럼 보는 것 같아요.

율리시스와 트로이 목마의 이야기는 다들 알고 있을 거예요.

● 　수년에 걸친 전쟁 끝에 그리스 부대가 트로이 왕에게

붙잡힌 헬레나 왕비를 구하기 위해 트로이 성곽을 넘는 데 성공했어요. 율리시스와 병사들은 나무로 거대한 목마를 만들어서 그 안에 숨었지요. 트로이 병사들은 움직이지 않는 목마가 들판에 있는 것을 보고 가까이 다가갔답니다. 위험하지 않다고 판단한 병사들은 목마를 마을 안으로 가져갔어요. 밤이 되자, 율리시스와 병사들이 살그머니 목마에서 나왔어요. 결국 병사들이 트로이 왕국으로 들어가 헬레나 왕비를 구했답니다.

트로이 마을 전체가 슬픔에 빠졌어요. 적이 쳐들어와도 끄떡없는 강력한 왕국이었는데, 그만 적의 속임수에 빠지고 만 거지요. 성벽 안으로 들어온 트로이 목마의 비밀을 미리 알았다면 상황이 달라졌을 거예요.

슬픔을 공격하는 기쁨

일요일 저녁 7시, 루시는 안나의 집에서 안나랑 함께 있었습니다.

두 소녀 모두 너무 많이 울어서 눈이 퉁퉁 붓고 빨개졌답니다. 또 콧물을 많이 흘려서 코 밑도 쓰라렸지요. 루시가 창에 이마를 대자 유리창에 입김이 서렸어요. 안나는 침대에 누운 채 꼼짝도 안 했지요.

"연주해 줄래?"

루시가 안나의 기타를 보며 물었어요. 안나는 멍하니 허공을 바라보더니 일어나서 기타를 집어 들었습니다. 안나는 기타 줄을 쳐 보며 음을 조율했어요. 루시는 유리창에 안나의 얼굴을 그렸어요. 루시는 안나가 마농의 집에서 들려주었던 노래를 떠올렸어요.

"그거 기억나? 뭐였더라… 친구들에 대한 노래였는데… 제목이 뭐였지?"

"브라상스의 노래."

"응, 맞다. 그거 들려줘."

밤 12시가 되자 안나의 부모님이 방으로 들어와 좀 조용히 하라고 말했어요. 루시와 안나는 잠도 자지 않고 계속 춤을 추고 노래를 불렀답니다.

루시와 안나는 슬픔을 물리칠 수 있는 방법을 찾았어요. 음악을 들으면서 노래를 부르고 악기를 연주했어요. 또 춤도 췄어요. 그러면서 점점 슬픔을 공격하는 기쁨을 만나게 되었답니다. 발을 질질 끄는 대신에 발소리에 맞

추어 춤을 추었어요. 한숨을 쉬는 대신에 노래를 불렀어
요. 언제 그렇게 축 처져 있었냐는 듯 이젠 손가락으로
장단까지 맞추었어요. 서로 몸을 부비며 열심히 춤을 추
었어요. 그러자 정말 놀랍게도 슬픔이 사라졌어요.

월요일 아침, 집을 나서는 루시에게 안나가 말했어요.
"조심해! 이따가 부모님과 아침 먹을 때 슬픈 표정 짓
는 거 잊지 마. 안 그러면 우리가 이사 가는 문제로 더
이상 슬퍼하지 않는다고 생각하실 거야."

기쁨 저장소

우리가 좋아하는 노래를 듣고, 호숫가를 산책하고, 비

둘기에게 빵조각을 던져 주고, 재미있는 얘기를 들려주

는 할아버지를 뵈러 가고, 너무 좋아해서 수도 없이 본

영화를 또 보고, 수영을 하러 가고, 간식으로 먹으려고
큼직한 케이크를 만들고, 오래전부터 사고 싶었던 반지
를 사고, 춤을 추고, 햇볕을 쬐며 누워 있고, 내가 좋아
하는 작가의 새로 나온 책을 읽고, 텀블링을 하고, 그림
을 그리고, 물감도 칠하고, 과자도 만들고, 정원도 예쁘
게 꾸미고, 항상 웃는 친구를 부르기도 하고, 고양이와
장난치며 놀고, 고양이에게 말을 걸기도 하고…

생각해 보면 우리 주변에 기쁨을 느끼게 하는 일이 참
많아요. 조금만 신경을 쓰면 언제 즐거움을 느끼는지 잘
알 수 있답니다.

우리는 슬픔이 기쁨의 공격을 받아 고통이 진정되고
사라질 때까지 노력해요. 슬픔이 느껴지지 않을 때까지
계속해서 말이에요.

표현에 대한 짧은 생각

우리는 "나에게 슬픔이 있어요"라는 표현은 거의 쓰지 않아요. 그보다는 "나는 슬퍼요"라는 말을 더 자주 하지요. '~이 있다'는 소유 동사보다 '~이다'는 존재 동사를 씁니다. 그게 무슨 소리냐고요?

나에게는 슬픔이 있다.

나는 슬프다.

두 동사는 어떤 차이가 있을까요? 둘 다 슬픔을 나타내기는 마찬가지지만 슬픔을 소유 동사로 표현한다는 것은 그 슬픔이 내 것이라는 의미를 나타냅니다. 나는 슬픔을 소유한다는 뜻이 되지요.

하지만 '나는 슬프다'라고 말하는 것은 슬픔이 소유의 대상이 아니라 나와 동일시됩니다. 그래서 내가 곧 슬픔이고 슬픔이 곧 내가 되는 거예요.

내가 슬픔을 가지고 있는 걸까요? 슬픔이 나를 소유하는 걸까요? 슬픔의 주인이 나일까요 아니면 내 주인이 슬픔일까요?

픽 씨네 가족의 희망

누구나 기쁨을 느낄 수 있습니다. 우리를 기쁘게 하는 일이 주변에 꼭 있을 거예요. 우리는 기쁨의 순간을 애타게 기다리지요.

픽 아저씨는 올 겨울에 브라질에 가고 싶어요. 픽 아주머니는 서점을 하나 내고 싶고요. 그리고 남편이 뱃살을 뺐으면 좋겠어요. 픽 부부의 딸은 사랑하는 사람을 만나고 싶어요. 픽 아저씨는 부인이 살 빼라는 잔소리를 그만했으면 좋겠어요. 하지만 픽 아주머니는…

보통 사람들처럼 픽 씨 가족에게도 소원과 희망이 있어요. 여행, 서점 운영, 뱃살이 없는 남편, 사랑을 찾는 것 등등이죠. 소원을 이루면 무척 기쁠 거예요. 소원이 이뤄지기도 전부터 마음이 들뜰 수도 있어요. 하지만 소원이 이루어지지 않을 수도 있지요. 우리는 그렇게 될까 봐 미리부터 걱정을 합니다.

소원을 빌면서도 기쁨을 느낄 수 있지만 그 정도는 아주 약해요. 우리는 무언가를 빌 때 기쁨과 슬픔을 동시에 느낄 수 있어요. 미래에 이루게 될 소원을 생각하면 기쁘겠지만 그 소원이 이루어지지 않을 것이라고 생각하면 슬프겠죠.

가게 앞에서 느끼는 기쁨

줄은 수요일마다 수영장 가는 길에 장난감 가게 앞을 꼭 지나가요. 그래서 수요일이 되면 진열대에 놓인 자동차를 봅니다. 줄이 꼭 가지고 싶어 하는 금속으로 만든 녹색 재규어 자동차는 정말 멋졌어요! 가게 주인이 일부러 그 장난감을 진열해 놓은 게 틀림없어요.

"줄, 저 차는 너무 비싸단다. 할아버지와 할머니가 네 생일 때 사 주실지도 모르니 기다려 보자꾸나."

"생일은 아직 멀었는걸요."

줄은 손가락을 꼽으며 불평했어요.

생일이 되려면 앞으로도 몇 주나 기다려야 했답니다. 수요일마다 줄은 슬픈 표정을 지으며 수영장에 갔어요. 고개를 푹 숙인 채 엄마에게 일부러 화가 났다는 티를 냈지요. 줄은 장난감 자동차를 가질 수 없어 너무나 슬펐어요. 그리고 행여 누가 먼저 사 버려서 못 사게 될까

● 봐 걱정도 되었답니다.

줄이 장난감을 바로 가질 수 있다면 정말 기뻐했을 거
예요! 진열대 앞에 선 줄은 기쁨을 감출 수가 없습니다.
줄에게 기쁨을 주는 것은 수영장에 가서 친구들을 만나

는 게 아니에요. 초콜릿이 듬뿍 든 팬케이크도 물론 아니고요. 또 조금 있으면 방학이 시작된다는 사실도 기쁘지 않았고, 선생님께 칭찬을 받아도 기쁘지 않았어요. 자전거를 타거나 새 운동화를 신고 놀러 나갈 때에도 마찬가지예요. 줄을 기쁘게 하는 것은 바로 장난감 가게 진열대에 있었어요. 바로 그곳에 줄에게 유일하게 기쁨을 안겨 줄 것이 있었답니다.

재규어 자동차, 배, 헬리콥터…

야호! 드디어 줄이 녹색 재규어 자동차를 손에 넣었어요! 줄은 너무 기뻐서 심장이 1분에 100번도 넘게 뛰는 것 같았어요. 시도 때도 없이 재규어 자동차를 들여다보며 좋아서 펄쩍펄쩍 뛰었답니다.

드디어 줄의 소원이 이루어졌어요. 장난감을 갖고 싶다는 희망을 품을 때에만 해도 부럽고 걱정스럽고 짜증이 났는데, 지금은 오로지 기쁨뿐이에요.

다시 수요일이 되었어요.

"줄, 서둘러라! 늦겠다!"

"엄마, 재규어가 있던 자리에 가게 아저씨가 뭘 놓았

는지 보기만 할래요."

줄이 팬케이크를 우적우적 씹으며 말했습니다.

"어쨌든 재규어보다 더 멋진 장난감은 없어요!"

그런데 갑자기 줄의 고함소리가 들렸어요.

"엄마, 이리 와 보세요! 리모컨으로 조종할 수 있는 소
방선이에요. 물대포도 있어요! 이런 배는 처음 봤어요!"

줄은 진열대 유리창에 코를 바짝 댔어요. 성탄절이 되
려면 아직 한참 있어야 돼요.

'너무 오래 걸리겠네.'

줄이 엄마 뒤를 따라가며 생각했어요. 고개를 푹 숙인
줄의 표정이 어두워졌지요.

줄은 재규어 자동차를 가질 수 있어서 뿌듯했어요. 하
지만 소방선을 보고 나자 다
시 소방선을 가지고 싶
어 안달이 났지요!

몇 주가 흘렀어요.

야호! 마침내 줄은 소방선을 갖게 되었어요. 줄은 너무 기뻐서 심장이 1분에 100번도 넘게 뛰었지요. 자꾸만 소방선을 들여다보며 너무 좋아서 제자리에서 펄쩍펄쩍 뛰었답니다.

줄의 소원이 또 이루어졌어요. 새 장난감을 갖고 싶다는 소망을 품었는데, 드디어 이번 수요일에 기쁨을 느낄 수 있었지요.

그 다음 주 수요일.

"줄, 서둘러라! 늦겠다!"

"소방선이 있던 자리에 가게 아저씨가 뭘 놓았는지 보기만 할래요."

줄이 팬케이크를 우적우적 씹으며 말했습니다.

"어쨌든 소방선보다 더 멋진 장난감은 없어요!"

그런데 갑자기 줄의 고함소리가 들렸어요.

"엄마, 이리 좀 와 보세요! 헬리콥터예요!"

줄은 진열대 유리창에 코를 바짝 댔어요. 생일이 되려

면 아직 많이 남았어요.

'너무 오래 걸리겠네.'

줄이 엄마 뒤를 따라가며 생각했어요. 고개를 푹 숙인 줄의 표정이 어두워졌지요.

줄은 장난감 자동차와 소방선을 가질 수 있어 서 뿌듯했어요. 하지만 헬리콥터를 보고 나자 다시 그것을 가지고 싶어 안달이 났지요!

몇 주가 지났어요. 만세! 줄이 드디어 헬리콥터를 손에 넣었답니다! 줄은 기뻐서 어쩔 줄 몰라 했지요!

이번 수요일에 줄은 오로지 기쁨만 느꼈답니다.

다음 주 수요일.

"엄마, 여기 좀 보세요! 얼음 위를 미끄러져 달리는 빙상 요트예요!"

…

몇 주가 흐르고,

그 다음 주 수요일이 되고,

또 몇 주가 지나서 또 수요일이 되고…

줄은 자신을 기쁘게 하는 것을 계속 좇으면서 새로운 것을 찾아다녀요. 계속해서 기쁨을 느끼고 싶어 하지요. 줄이 기쁨을 찾는 과정은 밑 빠진 항아리에 물을 붓는 것과 같아요. 물을 계속 부어도 그 물은 밖으로 빠져나갈 뿐, 절대 항아리는 채워지지 않는답니다.

하지만 진정한 기쁨은 한자리에 머물며 우리의 마음을

가득 채워 주지요. 기쁨은 가게 진열대에 있지 않아요. 기쁨은 자기 자신 안에서 오는 거예요. 다른 곳이 아니라, 바로 나 자신이 기쁨의 원천이 되는 거지요.

현재의 자신에게 만족하기

가엘이 소풍 바구니를 열고, 토니와 탕귀가 잔디밭에 돗자리를 폈어요. 로맹은 아이스박스에서 음료수를 꺼냈지요. 소피아가 컵을 나눠 주고, 톰과 엠마가 파이와 토마토를 먹기 좋게 잘랐어요. 오신느가 치즈를 꺼내 준비하자, 컹탕이 바게트 빵을 꺼냈습니다.

클레망스는 후식으로 먹을 초콜릿 케이크를 그늘진 곳에 놓아두고 잔디밭에 누웠어요. 친구들의 웃음소리, 낙엽이 부스럭거리는 소리가 들렸어요. 또 컵에 든 얼음이 서로 부딪히는 소리도 들렸답니다. 클레망스는 초콜릿 냄새와 함께 에델바이스 꽃향기를 맡았어요. 파란 하늘도 보였지요. 새들이 빵 부스러기를 먹고 싶은지 이쪽으로 날아왔어요. 부드러운 풀이 자꾸만 클레망스의 발을 간질였답니다.

클레망스가 친구들과 소풍을 왔어요. 여러분은 기분을 전환하고 바람도 쐬고 한 주 동안 수업을 듣느라 피곤한 몸을 쉬게 할 겸 나온 거라고 생각하겠지만 그렇지 않아요. 클레망스는 꼭 기분 전환을 하고 신선한 바람을 쐬고 휴식을 취하고 싶어서 소풍을 온 게 아니에요. 햇볕을 쐬며 누워 있으면 마냥 기분이 좋아지고 행복했어

요. 이상하게 들리겠지만 클레망스는 아무것도 바라는 것이 없어요. 부족한 것도 없고요. 그렇다면 클레망스는 모든 것을 다 가진 사람일까요? 절대 아니에요! 클레망스는 현재 자신이 가진 것에 만족하기 때문이에요! 지금 이 순간, 이곳에 있는 것만으로도 좋으니까요. 친구들의 웃음소리, 낙엽 굴러가는 소리, 자연의 향기, 새소리, 발을 간질이는 풀잎까지 모두 클레망스에게는 중요하지 않은 것이 없으니까요. 클레망스는 그곳에 있는 것만으로도 완벽한 기쁨을 느낀답니다.

세상의 친구

우리는 항상 세상에 있는 것들을 두 부류로 나누려고 합니다.

- 유쾌한 것 / 불쾌한 것
- 사랑하는 사람 / 싫어하는 사람
- 사랑하는 것들 / 싫어하는 것들
- 도움이 되는 것 / 방해가 되는 것
- 가진 것 / 갖지 않은 것

우리는 자신이 어느 쪽에 속해 있는지, 앞으로 어느 쪽에 속하게 될지 알아내는 데 많은 시간을 보냅니다. 우리는 쉽게 걱정을 하며 마음이 자주 흔들리지요. 그리고 선택을 해야 할 때가 와요. 수락이나 거절을 해야 하고 무언가를 버리기도 하고 주워 담기도 해야 합니다.

둘 중 무엇을 선택해야 할지 몰라 고민도 하고, 그러다
가 편이 갈라지기도 하지요. 또 함께 나누기도 하고요.
때로는 이러지도 못하고 저러지도 못해 망설이며 후회
도 한답니다.

  하지만 편 가르기가 하루를 못 넘기고 끝나기도 해요.
0.5초, 1초, 1분, 1시간 또는 그 이상이 걸려서 끝날 때

도 있어요.

　인간은 모든 것을 사랑할 수 있어요. 자신과 가까이에 있으면서 자신을 편하게 하는 모든 것에서 기쁨을 느낄 수 있습니다. 말벌이 엄지발가락 주변을 서성여도, 구름이 몰려와 잔디밭에 비가 후드득 떨어져도 얼마든지 기쁨을 느낄 수 있어요. 그 순간, 우리는 세상과 친구가 됩니다. 우리는 세상을 있는 그대로 사랑할 겁니다. 그러면 완벽한 기쁨도 우리와 함께 있을 거예요.

사랑하는 법 배우기

알렉상드르는 추워서 몸을 덜덜 떨었어요. 영하 10도의 추운 날씨에 기차는 도착 시간이 한참 지나도록 오지 않았어요. 차가운 바람이 온몸을 파고들었어요. 알렉상드르는 두 발이 꽁꽁 어는 것 같았답니다. 어찌나 추운지 입술이 새파랗게 변했지요. 모자를 푹 눌러쓴 채 알렉상드르는 버티고 서 있었어요. 곧 도착할 기차를 놓치고 싶지 않았으니까요. 그래서 꾹 참고 방송에 귀를 기울였지요.

"기차가 도착합니다."

알렉상드르는 얼른 승강장 안으로 들어갔습니다.

그 다음 이야기는 이렇게 이어집니다. 알렉상드르는 친구 오노레를 발견하고 달려가다가 그만 모자가 벗겨집니다. 하지만 상관없어요. 더 이상 춥지가 않았거든요. 그런데 뛰어가다가 빙판에 넘어지고 말았지요. 이때 오노레가 몸을 일으키는 알렉상드르를 보았어요. 너무 크게 웃어서 그만 손에 들고 있던 가방까지 떨어트렸지요. 두 사람은 서로의 얼굴을 보며 미소 지었어요. 알렉상드르는 오노레를 보자 너무 기뻤어요. 오노레도 오랜만에 친구를 보고 너무 반가웠답니다.

하지만,

처음부터 그랬던 건 아니에요. 둘은 서로를 무척 싫어했어요.

알렉상드르는 오노레가 허풍쟁이라고 생각했어요. 머리 모양도 이상하고, 항상 자기 말만 내세우며 유치한 농담을 한다고 여겼어요.

오노레는 알렉상드르가 옷을 하도 촌스럽게 입어서 시골뜨기라고 생각했어요. 뭐든지 다 아는 척하고, 선생님들에게 귀염을 받으려고 애쓴다고 여겼지요.

그런데 운이 없게도 두 사람은 초등학교 1학년부터 6학년까지 늘 한 반이었어요.

'저 녀석은 이사도 안 가나?'

알렉상드르는 학년이 올라가 새 교실에서 오노레를 볼 때마다 속으로 생각했어요.

'왜 하필 저 애랑 한 반인 거야!'

오노레도 개학 때마다 알렉상드르를 보며 속으로 투덜거렸지요.

최악은 중학교에서였어요. 두 사람이 사는 도시에는 중학교가 여러 개 있었지요. 그런데 중학교 입학식 날, 알렉상드르가 누굴 보았을까요?

맞아요, 바로 오노레예요.

그리고 오노레도 누굴 보았겠어요?

바로 알렉상드르였죠.

여기서 끝나지 않았어요. 1학년은 모두 세 학급이었는데, 알렉상드르가 교실에서 누굴 보았을까요?

오노레요.

오노레도 누굴 보았겠어요?

알렉상드르죠.

쉬는 시간에 둘은 서로 모른 척했어요. 두 번째 쉬는 시간에도 마찬가지였어요.

세 번째 쉬는 시간이 되자, 그제야 서로 눈을 마주쳤어요. 네 번째 쉬는 시간에 인사를 했어요. 초등학교 동창들 중에 같은 중학교에 온 친구가 한 명도 없었어요. 그래서 두 사람은 학교생활이 너무 외로웠어요.

결국 두 사람은 친구가 되었고, 이제는 둘도 없는 친

● 한 사이가 되었습니다.

어떻게 서로 모른 척하던 사이에서 우정을 나누는 사이가 되었을까요? 중학교에 입학했을 때까지도 둘은 서로를 무척 싫어했어요. 그런데 학교에서 친구 없이 외롭게 지내다 보니 점점 가까워지게 된 거예요. 자주 얼굴을 대하게 되면서 상대를 다시 보게 된 겁니다. 시간이 지나면서 이 둘은 서로에게 익숙해졌어요. 머리 스타일, 농담, 옷 입는 방법, 말하는 방법, 선생님에게 대답하는 방법, 태도 등 그전에 마음에 들지 않았던 것도 더 이상 거슬리지 않았답니다. 둘 사이의 거리를 서서히 좁혀 가면서 두 사람은 상대의 좋은 점을 발견하기 시작했고 결국 친구가 된 겁니다.

여러분이 현재 사랑하는 사람, 활동, 장소, 물건, 음악을 잘 생각해 보세요. 예전에는 좋아하지 않았다가 좋아해 보려고 꾹 참고 노력한 덕분에 지금은 좋아하게 된 것들이 많이 있을 거예요. 우리는 주변의 모든 것을 처음부터 사랑하지 않을 수도 있어요. 사랑은 아무 때에나 오는 게 아니니까요. 우리는 사랑하는 법을 얼마든지 배울 수 있어요. 그리고 사랑을 하면 기쁨을 느낀답니다.

삶의 기쁨

　어쩌면 우리가 살아가면서 기쁨을 느끼는 것은 바로
사랑이 있기 때문일지도 몰라요. 세상을 기쁨으로 받아
들이게 하는 힘이 사랑 안에 들어 있지요.

나만의 철학 맛보기 노트

진짜 철학 맛보기

가끔씩 친구들 두세 명 또는 여럿이서 모여 영화를 보거나 놀이를 하지요. 또 발표 숙제를 준비하거나 음악을 듣기도 하고요. 때로는 친구들과 있으면서 특별히 무언가를 하지 않을 때가 있는데, 이럴 땐 모두가 관심 있어 하는 주제에 대해 대화를 나누어 보세요.

대화를 하다 보면 부모님, 선생님, 친구, 사랑, 전쟁, 부끄러움, 불공평 등 다양한 주제로 이야기가 이어져요. 그러면서 우리는 다른 세상을 꿈꾸지요!

그러다가 밤이 되어 혼자가 되면 그 주제에 대해 다시 생각합니다.

진짜 철학 맛보기

다른 사람들과 세상의 모
든 것에 대해 이야기를
나눌 수 있다는 것은 정
말 좋은 일이에요. 물론 자기
말만 하고 도무지 남의 이야기를 들으
려고 하지 않는 사람들과 있으면 의견 차이를 좁히지 못
해 화가 날 때도 있지만요.

하지만 의견이 다르면 좀 어때요! 우리가 함께 정
한 주제에 대해 자유롭게 이야기하고 토론하는 것
이 더 중요하지 않을까요? 자
기 집이나 친구 집, 학교
에서도 이야기를 나
누면 어떨까요?

진짜 철학 맛보기

진짜 철학 맛보기에 성공하고
싶다면 몇 가지 주의할 것들이
있답니다.

- 대화 참여자 수는 10명 이내로 하는 것이 좋아요.

- 마실 음료와 간식을 미리 준비해 두면 좋고요!

- 바닥에 앉아도 좋고, 각자 편한 자세로 자유롭게 대화를
  나누는 겁니다. 둥글게 빙 둘러앉아서 한가운데에 음식을
  놓을 수도 있습니다.

진짜 철학 맛보기

● 대화 주제를 미리 정한 것이 아니라면 누군가가 나서서 여러 가지 주제를 제안할 수 있지요.

● 각자 가장 마음에 두고 있는 주제를 내놓습니다. 자신의 선택을 미리 말해서 다른 사람에게 영향을 주지 않도록 주의해야 해요.

● 가장 인기 있는 주제를 투표로 결정합니다. 한 사람당 한 가지 주제만 선택할 수 있어요.

● 가장 많은 표를 받은 주제가 바로 오늘의 대화 주제가 되는 것입니다.

진짜 철학 맛보기

상대의 말에 **귀를 기울**이고, 서로 싸우지 않으면서 나와 다른 의견을 받아들여야 합니다. 그리고 모두에게 말할 수 있는 공평한 기회를 주어야 해요. 그러려면 어떻게 해야 하는지 다음 내용을 읽어 보고 실천해 봅시다!

자, 이제 시작할까요?
한 시간 정도 대화를 나눠 보세요!
뜻깊은 하루가 될 거예요!

진짜 철학 맛보기
기쁨과 슬픔

과일 주스와 과자도 있고 대화의 주제도 벌써 준비되어 있군요! 오늘의 주제는 바로 '기쁨과 슬픔'입니다. 만약 대화를 바로 시작하기 어렵다면 다음과 같이 해 봅시다. 서로 멀뚱멀뚱 쳐다보기만 하고 아무도 말을 하지 않을 경우도 있을 테니까요.

● 8~10쪽의 루시와 같은 일을 겪은 적이 있나요? 슬퍼하다가 금세 기뻐해 본 적이 있나요? _____

_____

_____

_____

● 29~30쪽에서 기쁨 저장소에 들어 있는 것들을 살펴봤어요. 여러분을 위한 기쁨 저장소에는 무엇이 들어 있습니까?

_____

_____

● 44~46쪽의 클레망스가 느낀 기쁨을 느껴본 적이 있나요? 이런 종류의 기쁨을 어떻게 설명할 수 있을까요?

_____

_____

● 50~55쪽의 알렉상드르와 오노레처럼 처음에는 서로 싫어했지만 나중에 소중한 친구가 된 경험이 있나요? 이런 상황을 어떻게 설명할 수 있을까요?

_____

_____

친구들과 대화할 때 이 책을 활용해 보세요. 한 친구가 먼저 본문의 일부 또는 일화 한 편을 읽습니다. 그런 다음에 이와 비슷한 경험을 한 사람이 자신의 이야기를 들려줍니다. 그러고 나서 본문의 내용이 무엇을 의미하는지 서로 이야기를 나누세요.

스스로에게 질문을 할 수도 있고 다른 사람에게 질문을 할 수도 있어요. 질문에 대한 대답을 함께 찾아보세요. 확실한 대답을 찾기 어려운 질문도 있습니다. 왜냐하면 질문 속에 또 다른 문제들이 숨어 있거든요.

진짜 철학 맛보기
기쁨과 슬픔

몇 가지 예들을 생각나는 대로 적어 보면 다음과 같아요. 다음 질문에 전부 대답 하려면 아마 몇 시간은 걸릴 거예요!

"이유 없이 슬플 수 있나요?"

"삶의 기쁨이란 무엇입니까?"

"슬픔에 맞서 싸울 수 있을까요? 어떻게 하는 거죠?"

"기쁨이 슬픔의 반대말이라고 생각하나요?"

"큰 기쁨과 작은 기쁨들의 차이점은 무엇인가요?"

"기쁨은 자기 스스로 만들 수 있나요?"

"기뻐하는 삶을 살기 위한 방법을 배울 수 있을까요?"

"친구가 슬퍼할 때 함께 슬퍼해야 하나요?"

"기쁨도 전염이 될까요?"

이제 여러분이 대답할 차례예요!
철학 맛보기 시간!
여러분의 생각을 표현해 보세요!

내 생각은···

내 이야기는...

철학 맛보기 시리즈

〈철학 맛보기〉 시리즈는 계속해서 출간될 예정입니다.

01 사람이 죽지 않으면 어떻게 될까요? – 삶과 죽음

02 돈은 마술 지팡이 같아요 – 일과 돈

03 시간을 우습게 볼 수 없어요 – 시간과 삶

04 힘센 사람이 이기는 건 이제 끝 – 전쟁과 평화

05 알 수 없는 건 힘들어요 – 신과 종교

06 이건 불공평해요! – 공평과 불공평

07 왜 남자, 여자가 있나요? – 남자와 여자

08 지식은 쓸모가 많아요 – 아는 것과 모르는 것

09 좋은 일? 나쁜 일? – 선과 악

10 거짓말은 왜 나쁠까요? – 진실과 거짓

11 우리는 자연 속에 있어요 – 자연과 환경 오염

12 내가 만약 어른이 된다면 – 아이와 어른

13 나는 누구일까요? – 존재한다는 것

14 대장이 되고 싶어요 – 대장이 된다는 것

15 내가 결정할 거예요 – 자유롭다는 것

16 우리는 왜 아름다움에 끌릴까요? – 아름다움과 추함

17 나를 이기는 게 진짜 성공이에요 – 성공과 실패

18 날마다 용기가 필요해요 – 용기와 겁

19 행복은 항상 눈앞에 있어요 – 행복과 불행

20 폭력으로는 해결할 수 없어요 – 폭력과 비폭력

21 두근거리면 사랑일까요? – 사랑과 우정

22 나는 내가 자랑스러워요 – 자부심과 부끄러움

23 말을 하는 것은 어려워요 – 말과 침묵

24 정신은 어디에 있나요? – 몸과 정신

25 난 찬성하지 않아요 – 찬성과 반대

26 인간은 왜 동물과 다른가요? – 인간과 동물

27 법이 존재하지 않는다면 – 권리와 의무

28 개미는 왜 베짱이를 돕지 않나요? – 부유함과 가난함

29 꿈은 이루어질까요? – 가능과 불가능

30 새끼 고양이가 죽었어요 – 기쁨과 슬픔

〈철학 맛보기〉 시리즈는 우리 주변에서 일어나는 일상의 일들을 생각해보는 '생활 철학'입니다. 어린이의 눈높이에 맞게 생활 속의 이야기를 들려주고 아이들 스스로 논리적 사고를 할 수 있도록 도와줍니다.